KB141535

사랑의 온도

나답게 사는 시 011

사랑의 온도

지은이 | 김세희
펴낸이 | 一庚 張少任
펴낸곳 | 돌실 답게
초판 인쇄 | 2022년 3월 15일
초판 발행 | 2022년 3월 20일
등 록 | 1990년 2월 28일, 제 21-140호
주 소 | 04975 서울특별시 광진구 천호대로 698 진달래빌딩 502호
전 화 | (편집) 02)469-0464, 02)462-0464
        (영업) 02)463-0464, 02)498-0464
팩 스 | 02)498-0463
홈페이지 | www.dapgae.co.kr
e-mail | dapgae@gmail.com, dapgae@korea.com
ISBN 978-89-7574-346-7
ⓒ 2022, 김세희
나답게·우리답게·책답게

나답게 사는 시 **011**

사랑의 온도

김세희 시집

도서
출판 **답게**

김세희

2002년『수필과비평』수필 등단
2017년『인간과문학』시 등단
저서『사랑에 빠지다』,『사랑초록』,『사랑의 온도』
수필『사랑의 마중물』

2부 가시나무 성자

3부 멀거니 서서

누가 내게 가장 소중한 것이 무엇이냐고 묻는다면 나는 사랑이라고 말하고 싶다. 사랑은 우리가 사는 세상을 부드럽게 돌아가게 하니까.

유년 시절에 받았던 사랑은 일생의 밑거름이 되어 온기 있는 인간으로 살아갈 수 있게 하는 것이라고 생각한다. 그래서 나는 그 사랑의 불씨를 꺼뜨리지 않고 가슴에 품고 살며 또 그 사랑의 시를 써 보고 싶다.

1집 『사랑에 빠지다』 2집 『사랑 초록』 3집 『사랑의 온도』 모두 작은 사랑이 담긴 삶의 이야기다. '나답게 사는 시詩'로 엮어진 이번 시집 『사랑의 온도』도 마찬가지다. 살아가는 데 사랑을 제일의 가치로 보기에 아마 앞으로도 내 시의 주제는 변치 않을 것 같다.

임인년 새해를 맞으며

김세희

1부 나답게 사는 시詩

사랑의 노래

- 르네 마그리트의 그림을 감상하며

　오늘 중앙아시아에 전해오는 옛날이야기를
할까 한다
　소나기가 석 달이나 내린다는 계시가 있었어
　나는 자작나무로 방주를 만들고 이 세상에
있는 씨앗들과 동물 한 쌍씩을 태웠지
　배가 완성된 다음날부터 비가 폭포처럼 쏟
아졌다
　동네는 이미 물에 잠기고 배는 자꾸 산중턱
으로 밀려올라갔어
　온 세상이 바다가 되었지
　먹을 것도 동이 나고 물에 꼴깍 잠길 것 같
은 불안한 날들이 계속되었어
　석 달을 지루하게 내리던 비가 그치고 푸른
하늘이 드러났지
　날짐승들은 방주에서 날아 나갔고
　바깥세상으로 첫발 내디딘 날 우리는 아직
물이 다 빠지지 않은 뻘에서 뒹굴며

뭍으로 기어 나왔어

힘이 다 빠진 우리는 흙으로 빚은 물고기 같은 모습으로 바위에 걸터앉았지

넘쳐나는 빗물이 언덕까지 차올라 방주는 지금 바다에 떠 있는 것처럼 자연스러웠어

한 줄기 신선한 바람이 불었어 그제야 입이 떨어지고 들숨을 쉬었어

우리는 뻘돌에 붙은 조각처럼 진흙으로 한 겹 싸인 채 마른 땅이 어디일까 가늠하고 있었어

그때 방주에서 날아 나갔던 제비가 나뭇가지를 물고 앉을 자리를 찾느라 빙빙 돌았어

우리는 제비가 나뭇가지를 물고 왔던 물이 빠진 그 히바우즈베키스탄로 옮겨 갈 거야

이제 햇살에 진흙 조각이 된 피부가 벗겨지면 뻘돌에서 다시 인간으로 태어날 거야

에멜무지로 알마사과*가 열리는 파미르 동산에서 내일을 열려고 해

그리고 우리 사랑의 노래는 다시 천 년을 이
어갈 거야

* 알마(선악과, 사과의 원산지 파미르)*알마티는 카자흐어
  로-사과의 머리- (카자흐스탄의 옛 수도)

이슬

입김에도
찌그러지고
상처받기 쉬운
투명하고 연약한 피부
하지만 처음 먹은 마음 그대로
처음처럼

찌그러질 바에야
굴러 떨어지고 마는
오직 그 고집 하나만으로

꿈같은 사랑
- 르네 마그리트의 〈인간의 조건〉 그림을 감상하며

나의 침대는 공중에 떠 있다
꿈을 꾸고 있어 침대를 타고 날아다니는
침대 속엔 구름이 가득하지
아니 술이 가득해
하얗게 솟아오르는 맥주의 거품 같아
아니 보드랍고 달콤한 아이스크림이야
어둠이 밀려올 때 나는
그녀의 술잔에 빠지고 싶어
어, 어, 쏟아진다 사랑이
글라스 속으로
아이스크림 같은 사랑
술 같은 사랑
그녀의 잔속으로
구름이 되어 다시 잔을 채운다

잃어버린 선글라스

– 〈잃어버린 선글라스〉 블라디미르 쿠쉬의 그림을 감상
하며

너의 마지막 모습 기억할래
뒤도 돌아보지 않고 바람 한자락 안고
석양을 안고 가는 차가운 네 모습
내 잃어버린 선글라스는
아마 너만 기억할 걸
넌 낮달이 떠있는 노을 속을 흐르듯 갔잖아
돌아보지도 않았어 내게 미련이 없다는 거지
내 눈엔 아직도 네 모습으로 가득 차있지만
난 마음을 감추고
잘 가!
이 말은 내가 하고 싶었던 말이 아니야
각인된 네 모습은
아직도 주홍빛 노을처럼 뜨거운 네 입술
그리고 기억해 구름같이 부드러운 네 이야
기를

잃어버린 내 선글라스는
아마 뜨거웠던 너의 숨결만을
기억하고 있을 거야

이브의 도발

- 블라디미르 쿠쉬의 〈이브의 도발〉을 감상하며

하늘 높이 꿈을 키울 거야
구름 위까지
누구도 오르지 못할 바벨탑처럼 높게 키우
겠어
매일매일 밑에서부터 한 층씩 사다리를 올
리겠어
하늘에도 닿을 만큼 높게
신의 질투가 없었으면 좋겠어
부러지거나 무너질까봐 그러지
그러나 걱정은 모두 기우야
나무는 상상외로 높이 자랐고
열매도 많이 달렸어
따 내려도 무수히 남은 나무의 열매
아마 우리 형제와 마을 전체가 먹고도 남을
거 같아
이 열매를 보면 다른 사람들도 탐내지 않을
까?

사다리를 걷어치워야겠어

아니야, 아직 무수하게 많은 열매가 나무속
에 있는데

아, 어떡하지?

너무 많이 실으면 배가 뒤집힐지도 모르는데

물속으로 빠질지도 모르는데

해는 지고 밀물은 밀려오지만

이 많은 열매를 두고

엉덩이에 뿌리가 내렸는지 발걸음을 뗄 수
없어

어떡해

해는 지는데 난 발길이 떨어지지 않아

떠날 수가 없네

잠 못 드는 밤

- 〈잠 못 드는 밤〉 르네 마그리트의 그림을 감상하며

날밤을 하얗게 샜어
눈 한 번 깜빡일 때마다
쌓인 기다림이
실타래처럼 엉켜버렸어
까만 밤은 항상
내가 가장 솔직할 수 있는 시간이야
조금도 허영에 들뜨지 않은
내 본래의 모습이기도 해

지금 욕망은 길을 잃었어
어디로 가야할지 갈 곳을 몰라
이리저리 헤매다 아마 쉬운 길로 가게 될지도
아직 비우지 못한 뜨거운 가슴
두 손을 모으고 기도할 거야
오늘 밤 나의 기도는 길고 순수했어

사랑은 오래 갈등하는 것
네게로 무작정 달려가고 싶은 것
사랑은 너 안에 나 살기를 바라는 것

양파같은 여자

- 〈디들 날 사랑해〉 르네 마그리트의 그림을 감상하며

벗겨보고 싶은 여자가 있었어

몇 겹인지 몰라

어디가 진짜 얼굴인지 여러 얼굴이 겹쳐진
여자

오월 하늘에 노래하는 종다리였다가

말의 씨를 물어 오는 제비였다가

몇 년이 지난 어느 날은

어리숙한 암탉을 물고 온 살쾡이였어

도대체 어디가 맨얼굴이야?

어느 날은 의리 있는 조폭같이 부드럽게

어느 날은 기타를

그 어느 날은 연극을

나는 여자를 끝까지 벗겨보고 싶었어

벗기고 또 벗기다보면

덧싸지 않은 하야말쑥한 신선한 얼굴이 나
오지 않을까

난 아직 그녀의 진짜 모습을 몰라
그녀를 보면
왜 그렇게 여러 겹으로 무장을 해야 하는지
벗기고 벗겨도 또 다른 얼굴을 내미는
양파 같은 여자 그녀
수많은 얼굴 중에 지금은
어떤 얼굴을 내밀고 살아갈까

막시무스와 루실라의 사랑이야기

- 르네 마그리트의 〈행복을 그리는 사람〉을 감상하며

　오늘 원형경기장에 풍선이 오르는 걸 보니
　재미있는 볼거리가 있나 봐요
　옛날 이 원형극장에서 있었던 살벌한 이야
기가 갑자기 생각나네요
　아직도 그 사랑의 여운이 감돌고 있네요
　막시무스와 루실라의 슬픈 사랑 이야기로
기억하고 있어요
　이 경기장에 있었던 가장 슬픈 이야기로 남
아있으니까요
　오늘 내가 둘의 사랑이야기를 다시 쓰고 싶
어요
　사자와 싸워서 이겨야하는 글레디에이터
　널따란 백지를 사랑의 완성으로 채워야하는
나
　싸우는 일을 숙명처럼 창을 들고 비장하게
　하지만
　하려던 이야기와는 엉뚱한 방향으로

펜은 미끄러져 갔고 이미 한참 빗나가
점점 멀어져 갔어
내가 생각한 재미있는 이야기는
풍선처럼 날아가네
아니 달아나고 있어
잡히지 않아
못 다한 이야기 다하지 못한 고백에 마음은
정말 무겁지만
마음처럼 내 검은 말을 듣지 않았어
사라시려는 줄거리를 붙늘고
사자 이빨처럼 촉을 세워도
펜은 무디기만 해
어쩌나
종내는 두 사람 원형극장 위로 풍선처럼 올
라 안개처럼 사라졌어
그 여운에 오랫동안 펜을 놓지 못 했어

다시 하얀 백지를 펼치고 잘 벼른 창을 꺼내
들었지만
아무것도 해치우지 못했어
이 피 튀기던 경기장에서 두 팔을 높이 들어
승리의 깃발을 흔드는 그를 그리고 싶었는
데~

코로나 블루
- 중국 어느 대학기숙사에서 코로나 때문에 한 달 동안
  감금된 학생들을 보고

우리는 갇혔다
교문은 용접하고 기숙사는 밖으로 잠기고
나갈 수 없는 우리는 배달 음식으로 명줄만
이어갔다
보름이 지나자 우리의 발에는 뿌리가 내리
기 시작했다
그들은 화분에 물 주듯 도시락만 던져 주었다
스무 날이 지나자 우리는 완전한 식물이 되
었다
팔에서 잎이 돋았다
잎들은 모두 햇빛이 드는 창문 쪽으로 향했다
팔랑 팔랑 우리는 팔을 흔들었다
바람이 없어 잎들의 말소리는 멀리가지 못
했다
숨이 막혀 입을 더 크게 벌렸다
해가 떠도 밤 달이 떠도 밤
이리 저리 숨구멍을 찾아 고개를 내밀어도

빛이 들지 않는
낮에도 깊이를 알 수 없는
깜깜한 어둠에 갇힌 블루

2부 가시나무 성자

사랑의 온도

설거지를 하면서 포개놓은 유리그릇이 빠지
지 않았다
내일쯤이면 절로 빠지겠지
다음 날 들어보았지만 빠지지 않고 꼬옥 붙
어있는 그릇
할 수 없이 뜨거운 물을 붓고 기다리다 들어
보았으나
여전히 냉전 중이다 더 뜨거운 물을 잠기도
록 부었다

우리가 언제 한판 붙었었나요?
보는 사람 싱겁게 빠지는 그릇
그래, 빼다가 깨지지 않아 다행이지

살다보면 되지도 않을 일을 고집스럽게 아
등바등 할 때가 많다

유리그릇처럼 따뜻하게 달래가며 안 되면
더 따뜻하게 살며시
사람도 이러면 앙금이 잘 풀리지 않을까
입술을 앙 다물고 다지고 다지면
될 것으로 믿고 결기로 차있지만
강제로 하다가 상처를 낼 때가 한 두 번인가

따스한 온도로
아니, 조금은 뜨거워도 좋다
그렇게 녹인다면
모든 것은
상상보다 쉽게 문이 열리는 걸

매니큐어 바르기

손톱에 매니큐어를 바른다
그 위에 별 하나 얹고
투명 매니큐어를 한 겹 덧바른다
발톱에도 바르고 꽃잎 하나 얹는다
방금 행군 별과 막 피어난 네 송이의 꽃
손끝과 발끝에서 반짝인다
후후 봄바람 불어오니
나비가 날아들 것

이어붙이기가 목적으로 태어난 너

덧바르고 붙여서 본래보다 더 아름답게
느슨해진 것도 온전히 되돌아오게 하는
그리고 아름답게 마무리 하는 것

그럼 오늘 뻘쭘한 내 사랑도 붙여볼까
긴 겨울밤 뉘이고 따끈한 차 한 잔 마시며

어머니의 신神

초하루 보름은 어머니가 기도하는 날
가족의 오늘을 위하여
정화수 떠놓고 기도하셨지

어머니는 왜 물을 떠놓고
기도했을까

어머니의 물은
어머니의 기도는
돌부리를 만나도 좁던지 넓던지
막힘없이 흐르는 물처럼
우리도 그렇게 잘 흘러주기를
잘 살아주기를 바랐을 테니까

물은
눈송이와 소나기 물안개
그 모습 제 맘대로 바꾸고도
잘 살아가니까
그렇게 닮아 가기를
바랐을 테니까

묵시적 언약

꼭두새벽부터 귀 따갑게 소리치던
매미의 사랑노래 갑자기 잠잠하네?
허전한 마음이 들기도 전
귀를 파고드는
새로운 놈 귀뚜라미

매미와 귀뚤이가
같은 날에 울어대면 내 귀가
멀었을지도 몰라
둘이 만날 수 없는 사이라는 게
얼마나 다행인지

좀 빨리 와라
내 옷 다 벗겨진다

득음이라도 한 것처럼 누군가 부르던 매미는
나무 밑에 길가에 머리부터 발까지

옷을 훌렁 벗어버리고
숨어버렸다
이제사 달려온 귀뚜라미가 밤늦도록 우는
것은
늦었음에 대한 넋두리인 게지

한 시절은
이렇게 순식간에 지나간단다
그렇게 뉘 언약은 색 바래고 희미해
그러니까 니네 둘이 만나려면
귀뚤이가 좀 더 빨리 왔어야 했고
매미는 좀 더
기다려 주었어야 하는 걸

가시나무 성자

창의 날 세워 촘촘히 열을 선
군기 바짝 들린 병사처럼 빳빳하게 오로지
어린 순을 지키기 위해
어린새끼를 지키기 위해
죽어서도 그 모습 해체하지 않는 가시는
험한 세상 헤쳐 나가기 위한 너의 무기들

온몸에 돋은 가시는 새순을 지키는
어미의 마음이라
한때는 대문 위에 가로 뉘여 귀신을 쫓기도 했지
사람들도 신묘한 힘이 있다는 건 믿는 게지

가시를 뱉은 사람들
마음을 찔린 사람들 모두
너의 그 상징을 믿고 싶은 게야
엄나무 너는

토막토막 잘려 단으로 묶여
약령시장 난전에 전시되어

찌른 것과 찔린 것
그 모두의 해독제로
좌판에 나앉아 있으니
성자가 따로 없네

ㅅㅁ ㅂㄱ

깨알 같은 글자가 빽빽하다
촘촘한 글자가 커다란 신문에 꽉 차있다
나는 자잘한 건 슬쩍 지나치고
성깃하고 큰 글자만 눈길로 따라간다

이젠 쫀쫀하게 따지는 건 귀찮아
눈감고 슬쩍 넘어가고 싶어
쉽고 편한 길을 택했지
그렇게 살았지

세월은 나에게
이젠 자질구레한 건 눈감고
큰마음으로 보라는데
지금에서야 작은 것도
놓쳐서는 안 되는
소중한 것처럼
활자의 줄을 따라가려니
눈이 시리다

소쩍새 우는 뜻은

소쩍, 소쩍
며느리는 솥이 적다고 운다네
보리쌀 때껴 주우소, 보리쌀 때껴 주소
며느리가 힘들다고 도와달라는 소리라네요

청명에 죽으나 한식에 죽으나
뒷방 할머니 귀에는 그렇게 들린대요

홀딱 벗고, 홀딱 벗고
남편의 귀에는 이렇게 들린다나?

소쩍소쩍 은근한 소리
빗속에서도 쉬지 않고 벙그는
꽃잎 열리는 소리

하수도

그들은
늘 순하고 저항 없이 그냥 흘러가던 것들
그런데 어느 날 흐름을 거슬러
싱크대 구멍으로 되올라온 연민
촘촘한 그물을 벗어나 저들끼리
결기로 꼭꼭 뭉친 그들은
관대한 내 그물망을 빠져나가
몇날 며칠을 벼르다가
나에게 반기를 들고 시위를 하는 것
어르고 달래봐야 소용없어
이러다가
꽁꽁 뭉쳐진 증오가 분수처럼 솟구칠지도
이때껏 그는
유순한 줄 알았더니
속으론 꽁하게 뭉쳐져
역류할 수 있다는 것을
물은 아래로만 흘러가는 당연한 것을

오늘은 별것 아닌 사실이
별것처럼

봄의 축제

좋은 일이 있나봐
온 세상에 등불이 켜졌어

진달래 개나리 목련과 벚꽃

노랑 하양 분홍색
나무에 꽃등불을 달아 놓았어
봄의 축제가 열렸나봐

이젠 너를 다 알아

얼마 전만 하더라도
손가락 사이로도 빠지는
부드러운 물이었어
수초처럼 발 담그고 싶어
내 눈길 머물곤 했지

이제 뺨이 시린 북서풍과
함께 찾아온 너
축복처럼 날리다가 돌연
화난 날의 나처럼 울컥
참았던 숨을
푸~ 뿜어대니
송이송이 하늘을 청계천을
하얗게 덮었다

부드럽던 네 모습 간데없고
숨구멍도 없이 굳었다

은빛 날을 세우고
니가 죄 없다면
나에게 돌을 던져봐
해볼 테면 해봐
서릿발 같은 그 눈빛
하얀 눈: 빛을 쏘고 있네

가을이 깊어갈수록

가을이 깊어갈수록
억새는 속을 비워간다
속내도 조금씩 덜어낸다
비울 때마다
점점 몸은 가벼워
허리는 꼿꼿해진다

이제는 아무것도 없지
텅 비었지 싶었는데
윙윙 겨울바람이 불러낼 때
가냘픈 목소리로 응답하는
그리움 한 조각

어둠 속에 있는 듯 없는 듯
곧 바스라지고 말 낡은 것이
바람소리에 다시 일어나는
작은 흔들림 그래도 그것은

나를 버티는 힘
꼿꼿하게 허리를 펴는 힘
아주 작은
그 낡은 그리움이라는 것이

바람과 나무

처음에 그는 봄바람이었어
깃털처럼 살랑살랑 부드러웠지
때론 시원한 바람이었어
어깨에 힘주고 속 시원히
무슨 일이든 앞장서는
강한 남자였지
그런데
바람은 부는 거니, 나는 거니
어느 때부터인가 쌀쌀한 바람이 불었어
계설 탓이려니
창이 흔들렸어
내 마음은 더욱 흔들렸지
조금 열린 창으로 바람은 밤새 소리쳤어
나는 귀먹은 양 대답하지 않았지
기세등등한 바람몰이도 끝이 있다는 것을
알기에
나는 벽을 세웠어

바람은 밤새 휘몰아쳤지
넘어지면 지는 거야
잠시 웅크리는 건
자존심을 접는 게 아니야
공연히 허세를 부린 걸 날이 새기 전에 알게
될 테니까
나는 더욱 힘주어 발을 땅에 깊이깊이
뿌리를 내리고 버티었어
골목골목 바람이 휩쓴 자리
바람벽에도 나무 위에도
곧 아침이 올 테니까

3부 멀거니 서서

신발장 체류기

내가 너를 처음 만난 날
나는 경쟁자를 물리치고
어디든 너와 붙어 다니는 사이가 되었지
신, 신나게
부드러운 흙을 밟든지 자갈밭을 걷든지
너를 감싸고 보호했어
신나게, 새신이니까

가시밭길을 걸을 때도 깨어진 유리를 밟을 때도
몸에 상처가 생겼어도
무등을 태우고 다녔지
신나게
자유가 좀 없기는 해도 그것쯤이야
나와 딱 맞는 짝궁
너를 좋아했으니까

어느 때 부터인가 나는
너를 볼 수 없었어
컴컴한 공간에 바람 빠진 공처럼 앉아 있었어
어느 날
문이 열리고 환한 빛이 들었어
아! 네가 나에게 돌아온 거지
그런데
누군가 나를 가볍게 들어
쓰레기봉투에
헌신짝처럼 버렸어 세상에!
그래도
너와 딱 맞는 환상의 조합을 이루었던 나인데

처음엔 하늘이 무너지는 줄 알았지만
그래도 밖에는
부드러운 바람이 불고 햇살이 눈부셨어
얼굴에 스치는 신선한 바람
신났어 나는 신이니까

소금

소금이 온다
햇빛과 바람이 바닷물을 익혀주기만 하면
시간의 계단으로 한 걸음씩
마침내 눈부신 결정체로 오는 귀빈
달고 시고 쓰고 짠, 그리고 빛이 있는 맛
하늘과 바닷물과 햇빛의 결정체 천일염

인생은 소금
달고 시고 쓰고 짠
하나 더 매운맛
통각을 더하면
천일염은 인생이 기록된
결정체가 틀림없어.

쌍둥이

싹이 틀 때부터
동이 틀 때부터
붙어살았던 너와 나

나 같은 너
너 같은 나

그런데 우리 둘은
왜 자꾸
싸울까?

마스크 때문에

산책을 갔어
모두들 입을 막고
그저 앞만 보고 가네

눈발이 날리고 있었어
청계천은 이미 꽝꽝 닫혔지
그 위로 눈이 하얗게 덮였어
커다란 마스크처럼 보였지

앙상한 가시에
마른 낙엽 같이 매달렸던 참새 수십 마리
푸르르 도망가네 놀라기는?
그래서 넌 새가슴이야
이 하얀 눈밭에
다 갇히고 말았잖아
먹을게
아무것도 없잖아

58

일 년이 지나자 이젠
나의 피부가 된 마스크
주고받지 못한 말들이
입 속에 갇히고
눈 속에 갇히고 아아,
이젠 그만 열어다오
나와 너의 입을

이제 네 차례야

걱정하지 말아요 그대
지금 고난의 날이라 해도
이제 곧 당신이 활짝 피어날 차례예요

구둣발 지나간 자리
아주 작은 틈 사이에도
꽃이 피어난 걸 보았어요

우울해 하지 말아요 그대
이세 당신도
꽃필 차례예요

태풍

집을 삼키던 태풍 사라는 말고
매미도 말고 두어 번 쯤
솔릭 정도는 방문해서
구정물이 흐르는 냇물을 뒤집어 주기를
나도, 먹이를 구하는 오리도
뒤집어지는 혁명이 필요 해

나른하게 펼쳐지는 게으른 날들
바람 불고 풍랑이 일어 바다를 뒤집고
한 번쯤 새로운 물결
삶도 사람도 깨끗하게
새롭고 싶어서

파도를 바라보며

좋아하니까 닮는 거야
바라보다가 닮는 거야
파도의 울음소리 듣다가
우는 거야 아니
울려고 바다를 찾는 거야

바다를 보다가
울보가 되는 거야
푸른 바다 푸른 하늘
푸름 속에 자유롭게
큰 세상을 날고픈 한 마리 새
늘 작은 꿈만 꾸는 작은 새가슴
날개가 부러워
하얗게 일어나는 파도를
보고 있지

파도소리 듣다가 울고 말았지
울고 싶을 땐 그렇게 울어
소리치는 파도보다
더 크게 더 큰 소리로

의자

덩굴사이 살찐 호박도 풀 위에
덜렁 앉아 있더라
다리가 무거운 나도
호박처럼 자주 의자에 앉아있어
누구나 어머니 뱃속에서
태반에 앉아 있다가 왔겠지?
다리가 점점 무거워진 나는
태반 같은 풀 같은
의자를 좋아해
네 다리가 멀쩡한 의자를 만나면
호박처럼 태아처럼 덜렁 앉아도
의자는 한 가닥 소음도 내지 않더라

자주 지치고 피곤한 내게
왜? 넌 여태 무얼 한 게 있어서 피곤하냐고
묻지도 따지지도 않고, 그냥
언제나 받아줄 자세로만 생겨난 너

그래서 좋아

의자! 나는 내 자리가 언제든
비어있었으면 해
수족 같은 나뭇잎이 하늘에 닿아있다고
전능하지는 않은데
그저 무량하게
아무 때나 찾아도 안아주는
이제는 안 계신 어머니랑
동급이 아닐까 생각해

나팔꽃

넌 옆에 있는 누구라도
매달리고 감기며 기대는 걸 좋아하더라
빙빙 왼쪽으로 감아 올라가면
마루에 오를 때쯤 동이 튼다
수십 개의 입을 활짝 열고
나팔꽃은 나팔 분다
나는 성공이야~
나팔 같은 입 속엔 아침 이슬이 구르고
바람이 불어도 딱새가 건드려도
아마 다시는 바닥으로 기어 다닐 일은 없을
거야

내게도 나팔 하나 다오
너처럼 기대고 감기며 더불어 살고 싶다
넌 마루에 올라 누구를
보고 싶은 거니? 만나고 싶은 거니
목 빼고 깨금발 딛고

손잡고 걸으며
활짝 웃는 메꽃들
너도 이젠 바닥을 기고 싶지 않지?
나처럼 만디*에 오르고 싶은 거지?

너의 님프를 만나려면
있는 힘껏 더 크게 나팔을 불어 봐
너의 소원을 빌어 봐
만나고 싶은
드리아데스를 불러봐

* '마루'의 경남 방안

능소화

목 빼고 까치발 딛고
홍시 같은 마음으로

기다리라고 한적 없는데
눈길은 담 너머에

달은 환히 비추는데 아직
기척은 들리지 않아
발은 저려오고 서늘한 바람은 불어오는데
달빛은 환한데 내님의 그림자도 보이지 않아
실망한 마음 닫고 초라하게
담 아래 쭈그려 앉고 말았네

능소화나무 아래에는
무작정 기다림의 붉은 떨기
무더기로 쌓여있네

나무에게

누가 나에게
다음 생에 무엇이 되고 싶냐고 물으면
나는 나무가 되고 싶다고 말 하겠다

무성한 잎들이 드리우는
그늘이 좋고
늦가을 석양에
노란단풍이 하늘을 날아가는 모습도 좋아
혹여 베어진다 해도
천의 얼굴로 다시 태어날 수 있잖아
식탁에 의자에 책상에…

네 몸이 다 닳아
장작이 되어 아궁이에 던져진다 해도
식어버린 인간의 심신을 따뜻하게 하니
네 처음도 마지막도
가장 의로운 삶이라고 생각해

멀거니 서서

지금 소낙비 쏟아지는 다리 위
멀거니 서서 냇물에 혼을 판다
저 끓는 냇물처럼 언제 뜨겁게 끓어본 적이
있었던가
아라베스크 문양처럼 냇물이 굽이친다
영혼까지 빨려드는 물의 춤사위
그늘진 곳에 갈무리하던 낡은 사랑이며
작은 송사리까지 모두 휩쓸려간다
이미 물만 흐르는 텅 빈 물속
만수위를 오르락 거리던 애증
온 마음 차지했던 질긴 미련도
춤추는 물굽이에 슬며시 놓아버렸다
흘러간다 내 사랑이
물살 속에 어른거리며 올라오는 검은 그림
자, 잉어 떼
청계천에서 정릉천까지
웬일일까 미지의 세상으로 오르는 잉어들

그래! 산 것들의 마음은 결국 움직이는 거니
까
사랑은 흔들리는 거니까
그래도 그럼에도 변화를 꿈꾸는 건
신대륙으로 이동하는 것만큼
용기 있는 일이지

폭포는 사랑

폭포는 사랑이다
아래로 내려가도
위로 올라가도 폭포

폭포는 내리 사랑
분수는 치사랑

폭포 아래선
기도하는 사람
솟구치는 분수 앞에선
복 주세요 만나게 해 주세요 염원하며
동전을 던지는 사람

나는 내리 사랑을 위하여
기도하고
분수 앞에선 나를 위해
동전을 던진다